AF455648

MADAME ENGUEULE, OU LES ACCORDS POISSARDS,

COMÉDIE-PARADE,

EN UN ACTE,

AVEC PROLOGUE ET VAUDEVILLE.

BIBLIOTHEQUE ROYALE

Y Th.
10512.

(8)

ACTEURS DU PROLOGUE.

MADAME ROGNON,	Tripiere.
GUIGNE-AU-POT.	Gargotier.

PROLOGUE.

Madame ROGNON.

EH ! bonjou, Monſieu Guigne-au-Pot.
Ma foi, j'vous crayais à vaulau.

GUIGNE-AU-POT.

Mais j'ons eu du pour & du contre.

Madame ROGNON.

Ah ! qu'c'eſt plaiſant com' on s'rencontre!

GUIGNE-AU-POT.

Pour quant à moi, j'en ſons charmé;
Car je vous ons toujous aimé.
Et ſi j'oſions vous l'dire encore.....

Madame ROGNON.

Eh mais vrament, tête de Maure!

I'r'vient ſus l'yau pour s'enflammer.
Oh ! j'n'avons pus d'fête à chomer.
C'eſt guignonant, mais qu'veux-tu faire ?
Après l'plaiſir ſuit la misère.

GUIGNE-AU-POT, *gaiement.*

J'ai pourtant des momens qu'je m'ſens cor aſſez dru. . . .

Madame ROGNON.

Va, j'avons tort tous deux, c'eſt d'avoir trop vécu.
Quiens, ma mère chantoit roulant ſa quenouillette,
Qu'à gens qui ſe marient, comme nous, impotens,
C'étoit tremper une mouillette
Dans un œuf frais gardé vingt ans ;
De ça faiſons profit. Et, dis-moi, qui t'amène ?

GUIGNE-AU-POT, *fâché.*

Pargué, vous en valez la peine,
En vérité, Catin Rognon.

Madame ROGNON.

Eſt-ce-ti pour un plat d' ta façon ?

GUIGNE-AU-POT.

Maïs... quaſiment... à-peu-près... comme...

Madame ROGNON.

Quoi ! vous boudez, mon beau jeune homme !
Eh ben ! n'v'la-t'i pas d'quoi périr ?
Monſieu, n'vous laiſſez pas mourir.
Avec vous com'faut-y qu'on l'preigne ?
Hom ! j'te vas coler cent coups d'peigne.

GUIGNE-AU-POT.

Un moment, la mère, en douceur.
Car, pour rien, j'vous laiſſerions ſeule. . . .
Connoiſſez-vous Madame Engueule ?

Madame ROGNON.

Eh ! cor long d'ça j'étions ſa ſœur :
V'là ſon logis où j'ons affaire.

GUIGNE-AU-POT.

Bon ! moi, j'en ſors : alle eſt en guerre
Avet Suzon, qu'all' veut bailler
Au vis-à-vis d'un imbécille,
Nouvel apprenti Maltoquier.
Ç'te fille r'gimbe, eſt indocile,
Et dit com'ça qu'all' n'en veut pas,
Ou ben qu'la mort aura ſa vie.
Si ben qu'moi qui fuis l'embarras,
J'ons planté-là la copagnie...

Madame ROGNON.

Mais, qu'est que tu quiens-là dans ta main?

GUIGNE-AU-POT.

Ça? c'est la carte du festin.

Madame ROGNON.

T'oublies donc que j'sons leu Tripiere!
Quoi! j'nous voyons rompe en visiere
Par un si vilain Pas-trop-net,
Et je n'ly barrons pas l'œillet!
Non, je n'me reconnois pus. Tu cours sus ma pratique!

GUIGNE-AU-POT.

Eh! l'ai-je été chercher? On vient à ma boutique...

Madame ROGNON.

Va, va, l'ami, n'sois pas fâché;
Avant toi, j'avions fait l'marché.

GUIGNE-AU-POT.

J'n'ai donc qu'à r'emballer ma viande.

Madame ROGNON.

A ton âge eſt-ce que ça s'demande ?
Adieu, l'Entrepreneur.

GUIGNE-AU-POT.

Adieu, giron moiſi.

Madame ROGNON.

Adieu, gigot ſans jus.

GUIGNE-AU-POT.

Adieu, vieux cuir bouilli.

Fin du Prologue.

ACTEURS.

MADAME ENGUEULE, Marchande de poisson.

SUZON, Fille de Madame Engueule.

CADET, Polisson, Frere de Suzon.

LA VIGUEUR, Batelier, }
NIGAUDET, Commis de Barriere, } Amans de Suzon.

TRANCHET, Savetier, Oncle de Suzon.

Madame TRANCHET, Blanchisseuse.

Madame LADOUCE, Revendeuse, mere de Nigaudet.

RACOLIN, Intriguant, Sergent de Milice supposé.

M. LE PRUDE, Notaire.

La Scene est chez Madame Engueule.

MADAME

ENGUEULE,

OU

LES ACCORDS POISSARDS,

COMÉDIE-PARADE,

SCENE PREMIERE.

LA VIGUEUR. SUZON.

LA VIGUEUR.

OUI, j'te le dis, Suzon ; que le Diable m'enleve si ce tapage-là se passe sans brit.

SUZON.

Eh ! est-ce que tu crais que de ma part j'allons consentir tout roide au mariage qu'y trafiquont là-dedans, quand ce cœur y répugne?

LA VIGUEUR.

Dame ! que ſais-je ? Je vois que je n'ons que note parſonne à produire au vis-à-vis de toi, & ta mere tient pour Nigaudet, par l'occaſion qu'il eſt tout fraichement Commis de Barriere : oh ! ça m'galoppe rudement l'eſprit, vois-tu ; d'autant mieux que je n'ignorons pas que le cœur d'eune fille eſt comme qui diroit la poche d'eune ſervante, j'voulons dire entouré de gouſſets, & que ſti-là qui les remplit s'y loge. Et, ſarpéjeu, ſi je ne ſons que Batelier.

SUZON.

Mais, n'faut pas tant que ma mere faſſe la caſſeuſe, mon pere l'étoit ben li. C'eſt que tu ne ſais pas qu'alle a toujours été pis qu'un ſatire pour la rudeur. Veux-tu que je t'en montre un objet terribe ? Quiens ;... T'émagine ben qu'eune jeune fille comme nous qui a zun brin le tour tapageux, ne manque pas de ſarquenteux, & que juſqu'à ç't'heure que j'en avons évu un million à nos trouſſes, j'ons ribotté eune miette, c'eſt tout ſimpe ; faut vive ou périr, d'abord. Oh ! pour revenir à note mere, ç'te chienne-là, qui ne vaut pas meyeur que les autes, mais qu'eſt pus envieuſe de leux bien, Monſieur, note plaiſi ly a toujou reſſemblé comme eune débauche, & niantmoins, drès qu'alle nous ſentoit dans eune guinguette avec queutes Amoureux, zeſt, alle y accouroit, alle les engueuſoit ſi ben d'eſpérance qu'alle en accrochoit toujou le plus beau & le meyeur; & puis alle vous les entraînait à la danse en façon de gloire, comme en disant, quiens, Suzon, v'là le fertin. Dame, v'là pourtant de ses tours. Et tu diras que ce n'est pas regoulant pour eune fille de cœur !

LA VIGUEUR.

Jarnichien ! que c'est noir !

SUZON.

Faut dire que malgré ses rubriques, alle n'avoit pas tous les ceux qu'alle vouloit, non ; & entr'autes ce Garçon Procureux qu'a de l'esprit comme un Collége, qui n'auroit pas démaré, si tu ne lui avois fait lâcher pied ; car je pouvons le dire sans vanité, drés que je t'ons vu, tu m'as tenu sur le cœur comme eune tache.

LA VIGUEUR.

Eh ben ! quiens, c't'aveu là me fait venir la fantaisie de forcer nature.

SUZON.

Comment ?

LA VIGUEUR.

Faut jouer d'esprit queuquefois. Oh ! v'là ce que je ruminons. La mere Engueule est affotée de ton frere cadet, y faut le faire engager par frime ; Racolin qu'est de mes cotteries, fra le semblant d'être le Sargent.... Ben mieux : Nigaudet qu'est tout nouveau dévalé de son village, & que sa mere n'a pas vu depuis pus de dix ans, je le frons paller pour fuyard de Mélice : il aura eune peur d'un trente chiens; au mitan de tout ça, faudra ben qu'y fouine. Va, laisse-moi faire.

SUZON, *avec vivacité.*

Cours vîte, mon enfant, cours vîte cheux ce cabaret du coin : mon onque Tranchet & sa femme y sont avec Cadet, ils ne demanderont pas mieux que de nous aider. Mais à quoi donc que tu rêves?

LA VIGUEUR.

C'est que Racolin, quoiqu'y ne soit qu'un croc, voura t'ête payé comme un Capitaine, & le poussier ratte cheux nous.

SUZON.

Ah! v'là ben le diable! Encor si on disoit, j'en emprunterons; ... mais le tems est si dur : & y a si peu de sûr à prêter de l'heure qu'il est, que c'est pis qu'eune décadence; mais pourquoi donc que tout le monde n'est pas riche? à la fin p't'ête que ça vienra.... Ah! je songe eune chose; ça seroit-y un si grand mal si je pincions le magot de note mere?

LA VIGUEUR.

Quoi? est-ce qu'on n'est pas bon pour l'y rende dans un aute quart-d'heure?

SUZON.

Va, ça vaut fait. Cours de ton côté & moi du note, j'allons guetter le moment.

LA VIGUEUR.

Bon.

SCENE II.

SUZON, NIGAUDET.

NIGAUDET.

EH ! la, la, Mademoiſelle Suzon, ne courez donc pas ſi fort : il me ſeroit avis que je ſerois queque vermine, tant vous fuyez dès que j'approche.

SUZON.

Careſſez-donc ce petit mignon ! il a l'air à ça, oui. Mais, dis-moi donc, modele à pantins ; ſi tu crais jamais venir à bout d'enſorceler queute créiature, ne te vante pas que ce ſera Suzon, non ; car j't'avertis en conſcience que t'es pour moi ni pus ni moins qu'un ragoût qui fait lever le cœur.

NIGAUDET.

Ah ! je ſavons ben qu'en penſer, & ne v'là pas moins les bijoux que nous vous baillerons ce ſoir à nos accordailles, dà.

SUZON, *prenant la boëte.*

Voyons ; ... recule ſix pas, ſinon je te campe une giffe.

NIGAUDET.

Ah, ah, ah, ah; toujou gaie : ça ne peut pas ſe retenir de lâcher queques douceurs. Eh ben! quoique d'hazard, ça me coûte, ſans mentir, quatre-vingt-trois francs.

SUZON.

Nigaudet, je trouvons tout ça de mon goût.

NIGAUDET.

Oui?

SUZON.

Oui, & je t'avoue que ſi je ſavois un fondeux aſſez retord pour faire un lingot d'un malſoin, j't'y porterois tout brandi pour qui faſsît de toi queute choſe de prope afin de t'aimer une goutte.

NIGAUDET.

Eh! tenez, vous ſerez le fondeux, & dans vote moule je deviendrai bijou, (*riant très-fort.*) Ah, ah, ah, ah, ah.

SUZON.

L'eſprit l'y vient! remets-toi donc, tu tumbe en délice!

NIGAUDET.

Ah, ah, ah, ah; je creve.

SUZON, *mettant la boëte dans ſa poche.*

Oh! t'es trop long, je bats aux champs.

NIGAUDET, *courant après elle.*

Doucement... doucement,... comme vous empochez!... ça ne ſe donne qu'en finant. Oh! donnant, donnant.

SUZON.

Là, là, prends-donc garde, tu t'épanouis comme un goupillon.

NIGAUDET.

Rendez-moi ma boëte, là; vous ne ſortirez pas que je ne l'aie, non.

SUZON, *fuyant.*

Tu me crois donc eune larroneſſe?

NIGAUDET, *la fouillant.*

Au guet, au guet....

SCENE III.

SUZON, NIGAUDET, Madame ENGUEULE *en habits distingués.*

NIGAUDET.

AH! je la tiens pourtant.

Madame ENGUEULE.

Queque c'est donc que ç'te scandale-là cheux des honnêtes gens ?

NIGAUDET.

C'est vote fille qui en est cause; comment! alle vouloit me violer; voyez donc, dame! v'là comme les mauvais ménages fesont, y se disputont d'abord, & se battont zaprès.

SUZON, *à part.*

Non, je ne sais qu'est ce qui me requient, car pour un brin je le mettrois en civet dans le jus qui l'y tumbe dans la gueule. mais gnia parsonne là-dedans, songeons aux noyaux. (*Haut.*) Ma mere, je ne tardons pas à reveni.

Madam

Madame ENGUEULE.

Où que vous courez, nôte fille?

SUZON.

J'courons... queri les violons pour divartir ce Monsieu.

Madame ENGUEULE.

Dépêchez-vous, Mademoiselle.

SUZON.

Eh! non, c'est que je tousse.

Madame ENGUEULE, *fort haut.*

Hai, Suzon; hai, hai.

SUZON.

Quoi?

Madame ENGUEULE.

Si tu rencontres sus ton chemin des gens du festin, amene-l'zes vîte & tôt, parce que M. le Prude, Notaire, va t'ête ici dans la minute.

SUZON.

Oui, le diabe te bahutte.

Madame ENGUEULE.

Hom, la grossiere!

SCENE IV.

Madame ENGUEULE, NIGAUDET.

Madame ENGUEULE.

JE vous prions, Monsieu Nigaudet, d'oublier ce qui sort d'arriver en respérant sur l'arvenir. Ça a queuques vivacités de jeunesse, mais le fond en est bon, a quient de moi de ce côté-là. Si alle est mal polie, je veux que dans queutes jours y n'y paroisse pus, partant que j'y mettions la main. Car, sans me vanter, j'savons ce qui s'appelle vive avec les vivans, je crais.

NIGAUDET.

Oh ! pour ça c'est affaire à vous.

Madame ENGUEULE.

C'est donc pourquoi. Et pour en revenir à ce que je vous disions là-dedans, je n'ignorons pas que l'ayance que j'allons faire ne déplaise à la parenté de note défunt, (qui sont toutes canailles au moins,) & sur tout à Madame Tranchet, femme en prope de M. Tranchet note frere, qui n'est qu'un Savetier, si vous voulez, & qui niantmoins méritoit mieux qu'elle; mais toutes leux menaces n'y feront rien, parce que je l'ai là, & vout itou, ça suffit. Si ben que pour qu'ils en ayont le démenti pus vîte, je vous prions de repasser cheux le Notaire encore eune fois; car ça me tourmente comme eune colique.

NIGAUDET.

Allons, je vas vous l'amener.

SCENE V.

Madame ENGUEULE.

FAut-être verte dans les affaires. Je leux ferai ben voir à qui qu'y se sont frottés, les chiens.

SCENE VI.

Madame ENGUEULE, Madame TRANCHET, *en habits d'exercice.*

Madame ENGUEULE.

AH ! note belle-sœur, je sommes... au désespoir que le sujet ... qu'est au vis-à-vis de l'occasion du mariage de Suzon, nous occasionne... l'occasion ... de vous voir.

Madame TRANCHET.

Oh ! pas tant de politesse. C'est un devoir qui se doit. Je vous prions tant seulement d'excuser si je nous parsentons si mal-prope.

Madame ENGUEULE.

Eh ! est-ce qu'on ne se connoît pas ? Mais où qu'est donc votre époux, Madame Tranchet ?

Madame TRANCHET.

Il est resté à boire demi-sequier avec eune pratique.

SCENE VII.

Madame ENGUEULE, SUZON, Madame TRANCHET.

SUZON, *riant très-fort.*

AH, ah, ah, ah, ah, ah, ah. Vous v'là, ma tante?

Madame TRANCHET.

Oui. T'es de bonne humeur. (*Bas à Suzon.*) Est-ce que t'as la plotte?

SUZON, *bas.*

Tâtez plûtôt. Oh! ah, ah, ah.

Madame ENGUEULE.

Pourquoi donc parler tout bas? Y a-t-y-là du complot?

Madame TRANCHET.

Est-ce que vous rêvez.... Mais... Bon! où qu'est les familles du farquenteux? est-ce qu'il est bâtard?

Madame ENGUEULE.

Qu'est-ce donc que vous dites ? Sa mere va venir ; c'est Madame Ladouce, la Revendeuse.

Madame TRANCHET.

Quoi ! on m'avoit dit qu'il étoit furet de barriere.

SUZON.

Ce n'est pas des moques non plus : Madame sa mere vient de le couler dans ce posse-là par le canal d'un Monsieu de ses pratiques. Oh ! c'est du prope.

Madame TRANCHET.

Ça doit faire deux pieces parcieuses.

SUZON.

Pisqu'on vous dit que c'est du genti, hi, hi, hi, hi, hi. Mais, j'entends qu'on cogne, voyons.

SCENE VIII.

Madame ENGUEULE, SUZON, Madame TRANCHET, CADET, LA VIGUEUR.

SUZON, *bas à la Vigueur.*

AH! c'est toi? Quiens, v'là le magot.

CADET, *bas à Suzon.*

Combien qu'y a?

SUZON, *bas.*

Douze louis tout en or.

LA VIGUEUR, *bas à Cadet.*

Ah! çà, songe à ben jouer ton thème; sinon pas de castor.

CADET.

Attends, attends, tu vas voir.

Madame ENGUEULE, *durement.*

Queuque vous demandez encore ici, la Vigueur?

LA VIGUEUR.

Qu'est-ce donc qu'alle dit, avec ses demandes? est-ce qu'a nous prend pour queuque marcenaire? Eh! sarpéjeu, vous êtes pus revêche qu'un épron. Tenez, je vous ramenons Cadet, que j'ons repêché dans le Ruisseau.

Madame ENGUEULE.

Dans le ruſſeau, note fils! dans le ruſſeau!

Madame TRANCHET.

Oh! y n'y paroît pas.

SUZON.

Non; ce n'eſt qu'eune crotte.

Madame ENGUEULE.

Tu te battras donc toujou, hai, enfant de vipere?

CADET, *effrontément.*

Eh ben, quoi! qu'eſt que vous bavez, vous? ne faut-y pas que je nous laiſſions ſaccager, voyons? Ca-v'là comme c'eſt venu, tenez: j'étions dévalé à ce chou... y-là... ſous les pilliers, où je tapions ſimpelment d'mi-ſquier de ſix yards à l'avenant du contoi. Oh! Tape-à-l'œil étoit là itou qu'entarroit le darnier coup de ſa chopeine, & parce qu'il a de la rancune en devars nous, au vis-à-vis de ce que je l'ons triché eune miette à ce matin à la brique, y s'émaginoit que j'allions fouiner roide; mais, un chien qui recule, avec nous! ſi ben donc que ça li fichoit malheur. Oh! le v'là qui file du long, & qui m'accueille d'un revais dans l'z'œils en façon de ſalut. Parle-donc, hai, faraud de la goaille, j'ly dis: non, c'eſt de bon, m'fit-y: y ſort, moi de d'même; zon, je vous ly détache deux emplans ſur les viſieres, y me repare queuques coups de ſouyers en venant à l'accolage. Oh!

un moment, m'fis-je, Cadet; pas d'abattage ici. Sans parde de tems je recule six pas pour prendre du champ; & pis, zin, zon, (toujou de volée) je li sarvons, par-ci par-là queutes suçons sus la gueulle; y tumbe à gauche, & là j'vous le travaillerions encore d'un fier goût, si la Vigueur n'étoit venu m'arracher de dessus sa voirie, allez. Eh ben! direz-vous que j'ons tort?

Madame ENGUEULE.

Quiens, chien, si je prends un tricot...

CADET.

Vous?

Madame ENGUEULE.

Comment? tu crais donc, parce que j'tons gâté, que je n'osons le faire?

CADET, *tirant une cocarde de sa poche.*

Eh! au cheni. Est-ce que c'est fait pour un Seuldar de Mélice?

Madame ENGUEULE.

T'es donc engagé, pouillassin?

CADET.

Vantez. Tambour, corbieu! r'lon, r'lan, r'lon, r'lan, r'la, tapa, tapan, r'lan.

Madame ENGUEULE, *pâmée.*

Ah ! je sommes eune mere aux abois.

LA VIGUEUR.

Tenez, j'agis royalement. Si vous v'lez, je prends Suzon pour notre épouse ; le Sargent de Cadet est de mes cotteries : drès ce soir je vous mettons son congé en main.

SUZON.

Ah ! v'là qu'est parler ça.

Madame ENGUEULE, *vivement.*

Suzon pour ton épouse ! tu viens donc encore flogner son aloyau ? Tu seras des accords si tu veux ; regarde si ça te convient : sinon, détale.

LA VIGUEUR.

Allons, je le veux. Mais, qu'est-qui nous vient-là ?

Madame TRANCHET.

Je crais que c'est ç't'objet.

CADET.

Place à l'Amoureux.

SCENE IX.

SUZON, Madame ENGUEULE; LA VIGUEUR, CADET, NIGAUDET, Madame TRANCHET.

NIGAUDET.

ALLONS, allons, fendez-vous, v'là le Notaire. (*Appercevant la Vigueur.*) [*A part.*] Oh! qu'est-ce que fait ici sti-là?

Madame ENGUEULE.

J'allons au-devant de ly, pour ly toucher queute chose de l'affaire. Ah! Cadet, à l'attandis, t'iras nous queri z'eune voie de bois de douze sols pour cuire la noce.

CADET.

Ça suffit. R'lon, r'lan. Hai, Nigaudet, est-ce que t'as fait raser ta ganache?... hom, t'as l'air d'un malin chien! (*Lui montrant sa cocarde.*) Quiens, vois-tu ça? R'lon, r'lan.

NIGAUDET, *naïvement.*

Ah! t'es engagé Soldat.

CADET.

Apparemment. Dans la Mélice.

NIGAUDET.

Veux-tu que j'aille avec toi ?

CADET.

Où, à la guerre ?

NIGAUDET.

Oh ! non queri ç'te ſalourde.

CADET.

Eh ben ! quand je te dis que t'es un malin chien. Allons, ſuis-moi. R'lon, r'lan. [*Il ſort.*]

LA VIGUEUR, *arrêtant Nigaudet.*

Reſtez avec nous, ribotteur; y va v'nir un Euſſicier vous voir.

NIGAUDET, *ſe débattant.*

Non ; y a toujours des rudoyures...

SUZON, *le tirant d'un autre côté.*

Ah ! ne nous quittez donc pas, bijou.

Madame TRANCHET, *le pouſſant par derriere.*

Monſieu, r'evenez donc, qu'on te careſſe.

NIGAUDET.

Oh ! quoique vous ſayez deux femelles, ça ne nous feroit pas peur, non, ſi il s'agiſſoit.... Là... vous m'entendez ben.

Madame TRANCHET.

Je crais pourtant que je n'y gagnerions gueres ; car, ſans vous inſulter, vous avez l'air un peu marchand de playant.

NIGAUDET.

Tenez, ce n'eſt pas de ça qu'y retourne ; mais qu'eſt-ce que la Vigueur a affaire ici ? a-t-il un *laiſſez-paſſer ?*

LA VIGUEUR.

Pale donc, hai, l'favori ; eſt-ce que je ne ſons pas le ſimoné ?

NIGAUDET.

Moi, je ne veux pas. .

LA VIGUEUR.

Sarpéjeu ! tu veux donc périr ? . . . Quiens ; ne me fais pas reſſouveni que t'es au monde ; autrement... tu vois ben, t'es Commis, je te réduirons, morbieu, pus mince qu'un fromion.

SUZON.

Allons, il eſt ben genti, faut le laiſſer vive.

Madame TRANCHET.

Parguienne ſans doute, eune puce vit ben ; [*lui paſſant la main ſous le menton.*] pas vrai, jeune homme ?

NIGAUDET.

Finiſſez.

SUZON.

Eh ! ne preſſez pas ce citron ; ça ly fera pardre ſon jus.

Madame TRANCHET.

Mais encore faut-il faire ſa petite politeſſe. (*Lui faiſant la révérence.*) Monſieu, vous êtes donc le pertendu ?

NIGAUDET.

Oui. A quoi voyez-vous ça ?

Madame TRANCHET.

Ah ! c'eſt que vous v'là retapé comme un Perroquet de baſſe-cour, & ça frappe le regard grand train : mais je vous connois, . . . ne feriez-vous pas pélerin de Toulon.

SUZON.

Tout beau, ma tante, y ne faut jamais goailler les pauvres d'eſprit. Quoi ! parce que Monſieu eſt là comme Miché ? Eh ! peut-être qu'y reſſembe aux Pierrots, y ne chante qu'en cage : que ſçait-on ? y a ben d'z'animals que le monde effarouche, dà.

LA VIGUEUR.

Moi, je crais que c'eſt un amour armonté qui le ſuffloque.

Madame TRANCHET.

Ah ! Monſieu, ſi vous en avez trop, v'là eune porteuſe.

NIGAUDET.

Mais, vous avez tretous le caquet bien affilé.

SUZON.

Eh ! v'là deux heures que je le réguiſons ſur eune cruche.

NIGAUDET.

La, la, patience.

LA VIGUEUR.

Oui, oui, tu vas rire; d'un grand goût même: attends.

NIGAUDET.

Oh! je m'entends ben, suffit: & je verrons qu'est-ce qui l'aura.

LA VIGUEUR, *levant sa canne.*

Crais-moi; ne parle pas de ça Car, quiens, je me sens d'humeur à faire un bourdalou de ta pieau. M'en défi-tu?.. avec ta lichoire au côté..

NIGAUDET.

Ah! je varrons.

Madame TRANCHET.

Vous verrez qu'il l'aura.

SUZON.

Y ne l'aura pas.

SCENE X.

Madame ENGUEULE, SUZON; Madame TRANCHET, CADET, LA VIGUEUR, NIGAUDET, M. TRANCHET, *Savetier, en habit de Jurande, coupé*; M. LE PRUDE, *Notaire.*

Madame ENGUEULE.

ALLONS, je finirons ſans Monſieu Tranchet.

M. TRANCHET, *entrant ivre par une couliſſe.*

Si fait, ma ſor, j'nous v'là.

Madame ENGUEULE.

Suzon, va queri des chaiſes ; & toi, Cadet, amene un bout de tabe pour Monſieu le Notaire. (*Ils ſortent.*)

M. TRANCHET.

Pour quant à ce... qu'eſt de la tabe, révérence... parler.... je crais qu'a ne ſervira gueres.

Madame TRANCHET.

Et contez-nous pourquoi.

M.

M. TRANCHET.

Je ne ſais : mais... qui eſt-ce qui me donne... du tabac... dans ma pipe ?

NIGAUDET, *naïvement.*

En v'là, Monſieu Tranchet ; *votre ſerviteur.*

M. TRANCHET.

Ah !... & qui êtes-vous ? Si... c'eſt permis.

Madame ENGUEULE.

Monſieu, c'eſt le futur époux.

M. TRANCHET.

Oui : eh bien... ça me fait plaiſir, mais pour la tabe... ne la faites pas venir... à moins qu'on ne veuille... boire. Oh ! pour ça !

Madame ENGUEULE.

Pas tant de raiſons. C'te cirémeunie-là n'eſt pas de vote goût : mais le premier qui dira queute choſe à l'encontre, à la porte.

CADET, *au Notaire.*

Note Bourgeois, v'là z'eune tabe.

M. LEPRUDE, *s'aſſeyant.*

Allons, mes enfans, faites ſilence.

Madame TRANCHET.

Sans doute. Y ſera toujours aſſez tems de parler quand on en ſera à leux intérêts.

SUZON.

Je le pertendons ben de même. Qu'eſt-ce donc que je ſerions ici, des ânes ?

LA VIGUEUR.

Dame, c'eſt ce qu'y ne faut pas ; car les Notaires disont comme ça que leux bareaux, c'est pour les y attacher.

Madame TRANCHET.

Ah ! pour ça ben.

M. LE PRUDE, *d'un ton vif.*

Mais, vous tairez-vous ?

M. TRANCHET.

Tenez, ne v'là-t-il pas... Monsieu... qui est en colere ? ... que diable ! .. vous parlez... vous parlez... Eh ! ventrebieu... moi qui ne suis (au respect de l'honnête copagnée qui m'entend) qu'un *Savequier* ; ... si on venoit comme ça m'aboyer, tandis que je traite... eune remonture, je pardrois de vue... mes soies, & v'là tout de suite... un Bourgeois mal servi. Car, sans me vanter... j'ons tout ce qui y a de meyeur en pratiques ; & des jaloux ! ... hom... faut voir ça ;... pourquoi ?.. c'est que je me suis toujou étuguié à travailler d'un goût ! .. enfin, c'est tout dire ; n'est pas Juré... qui le veut bien ; .. & ...

M. LE PRUDE.

Eh ! voilà qui est bien, Monsieur le Savetier.

SUZON.

Mais, Monsieu, c'est note onque, y faut ben qu'y s'esplique.

M. TRANCHET.

Eh mais ! c'est que .. je savons un peu comment ça .. se mene, & tel que vous me voyez, j'ons passé pus d'eune fois par les mains .. de la Justice, .. au moins.

M. LE PRUDE.

Mon Dieu ! je le crois, mais taisez-vous.

M. TRANCHET.

Ah ! c'est juste.

CADET, *accourant fort vîte, bas au Notaire.*

A propos, note Bourgeois, mettez que je ne sine rien sans le casteur, non.

M. LE PRUDE.

Ah ! la chienne d'espece de gens !

NIGAUDET, *à voix basse.*

Ah ! çà, Monsieu, sans vous interrompe, moi, qu'est comme qui diroit le Prétendu, parlerai-je ?

M. LE PRUDE, *se levant.*

Encore un autre. Ma foi, je n'y puis plus tenir.

Madame ENGUEULE.

Eh ! Monsieu, ne les écoutez pas ; roulez, roulez toujou, ça ne fait pas vive.

SUZON.

Allez, allez, qu'on se taise ou qu'on parle ; un chien si ça quient.

NIGAUDET.

Ah ! v'là pourtant ma chere mere.

SCENE XI.

Madame ENGUEULE, SUZON, M. TRANCHET, Madame TRANCHET, NIGAUDET, LA VIGUEUR, CADET, Madame LADOUCE *en habits de jours d'œuvres, couverts de différentes vieilles nippes, & coëffée de vieux chapeaux*, M. LE PRUDE, *Notaire.*

Madame TRANCHET.

AH ! la v'là donc. Ah !

SUZON.

Ah !

CADET.

Ah !

SUZON.

Ah !

CADET.

Ah ! ah ! ah !

Madame LADOUCE.

Pourquoi donc tous ces ah-là ?

Madame ENGUEULE.

C'est par la joie qu'on a de vous voir. Assisez-vous.

Madame LADOUCE.

Y me paroît que j'arrivons ben à point. Mais la dot ?

SUZON.

Oh ! alle n'eſt pas loin.

Madame ENGUEULE, *au Notaire.*

Non, non. Mais, Monſieu, que ça ne vous empêche pas de trimer. Pour moi, je n'ai jamais tant vu reculotter ; ça m'allume à la fin.

M. LE PRUDE.

Commençons. Monſieur Nigaudet, fils de qui ?

SUZON, *gaiement.*

Couchez hardiment, fils de toupie, v'là ſa mere.

Madame LADOUCE.

Parle donc, hai, veſtale de Vaugirard ; t'es pucelle comme ma poche, toi.

SUZON.

Qu'eſt-ce donc que tu dis, hai, pâture à corbeaux, roſſignol ſans pleumes ; t'es venue au monde pour le gâter.

Madame ENGUEULE, *gravement.*

Suzon, tairas-tu ta gueule ?

Madame TRANCHET.

Ta mere a raiſon, que veux-tu réponde à eune Poiſſarde ?

Madame LADOUCE.

C'eſt tes yeux qui poiſſent. Hai, idole à Savequier... Tenez, ne me faites pas parler pour vote honneur.

Madame TRANCHET.

Mais regardez-la donc, ste Simone avec son honneur ! Ah ! si y t'en reste, c'est de sti-là de tout un chacun.

SUZON.

Vantez. Encore est-il bercé par eune larronnesse.

Madame LADOUCE.

Suzon, t'as envie que je te magne.

SUZON, *se levant.*

Toi ? ne te mêles pus de ça, t'as perdu ta roideur la jambe en l'air ; y n't'en reste pus que la mêche, qu'est ta chienne de langue ; encore est-elle comme eune abandonnée dans son vilain carrefour : car si t'as queuques chicots, le nez les sent ; mais les yeux n'y ont pus que faire. Et tu viendras menacer les autes ! jarni chien ; y faut que je t'abîme. [*Elles se battent.*]

Madame TRANCHET.

Ah ! j'en serons. (*Elle s'y joint.*)

CADET.

Ma mere, mettez donc les hola.

Madame ENGUEULE, *tirant sa fille.*

Veux-tu lâcher, chienne ?

Madame TRANCHET, *lui portant un coup de poing.*

Eh ! pourquoi voulez-vous qu'al' se laisse agonir ?

Madame ENGUEULE, *lui ripostant.*

Comment ! effrontée, tu toucheras sus eune femme comme nous !

LA VIGUEUR.

Ah ! vous y v'là, haut, de l'ardeur.

M. TRANCHET.

V'là pourtant... quatre parsonnes.. dans les éprintes. Ma femme, laisse-ça .. là.

CADET.

Haut, haut, Suzon, touche sus la mere Ladouce ?

M. LE PRUDE, *allant se cacher.*

Attendons pour reparoître... Eh !.. ma perruque.

LA VIGUEUR.

Là, bon, Suzon. Toujours, haut. Ah !.. la mere Engueule, v'là le Sargent.

CADET, *à la Vigueur.*

Apporte-t-il le Casteur ?

LA VIGUEUR, *bas.*

Un moment donc, ch'napan.

SCENE XII.

Madame ENGUEULE, SUZON, M. TRANCHET, Madame TRANCHET, CADET, LA VIGUEUR, NIGAUDET, Madame LADOUCE, M. LE PRUDE caché RACOLIN, *en Sergent de Milice.*

Madame LADOUCE, *s'en allant.*

SUZON, tu vois ben ce que tu m'as fait ! Le Commiſſaire en va juger. Ah ! les petites gens !

NIGAUDET, *à ſa mere.*

Quoi ! vous vous fâchez pour ça ? bon ! bon ! rentrez. [*Elle ſort.*]

RACOLIN.

Meſdames, excuſez ſi je trouble vos plaiſirs ; je viens chercher un petit jeune homme que j'ai enrollé ce ſoir, & que voici. Allons, marche.

Madame ENGUEULE, *au Sergent.*

Bellement, bellement, Monſieu : v'là la Vigueur qu'eſt votre ami, & qui m'a pormis le congé de Cadet de vote main manuelle.

RACOLIN.

Je ne le puis ; allons, partons... Mais, je crois reconnoître ce gaillard-là. N'es-tu pas un certain

Nigaudet, qui demeuroit il y a peu de tems dans un village.. proche d'Amiens ?

NIGAUDET.

Tout juste.

RACOLIN.

Comment ! coquin, tu as l'audace de paroître après avoir fui ton village pour éviter de tirer à la Milice ?

NIGAUDET, *stupéfait.*

Ah ! le vilain menteur !

SUZON.

Comment ! chien, t'es désalteur ?

TRANCHET.

Ah ! ah ! ah ! v'là l'amoureux dans de biaux draps blancs !

Madame ENGUEULE, *étonnée.*

Mais pas moins, v'là une drole d'histoire, dà. Tu voulois donc nous tromper ?

RACOLIN.

Et vous qui parlez, je vous apprendrai à donner retraite aux fuyards : en prison tous deux : allons.

Madame ENGUEULE, *à genoux.*

Oh ! Monsieu !

NIGAUDET, *à genoux d'un autre côté.*

Monseigneur ! vrai, vous me prenez pour un autre.

RACOLIN.

Point de miséricorde.

LA VIGUEUR.

Allons, mon Officier, ne faut pas non plus ête un Tiran, parce qu'on a la force en main.

RACOLIN.

Eh bien ! que Nigaudet me compte quarante écus, & je lui fais grace.

NIGAUDET.

Je n'ai que les bijoux d'accords, mais si je les donne...

SUZON.

Allons, allons, donne toujours.

NIGAUDET.

Les v'là; mais c'est un vol qui n'est guere légitime.

RACOLIN.

Bon. Maintenant, il me faut quinze louis pour que je rende l'engagement : & comme je sais que ces jeunes gens s'aiment, la mere n'obtiendra sa grace qu'en consentant à leur mariage, ou bien en prison.

SUZON.

Pour au mariage, note mere y consentira ben, mais c'est trop de quinze louis; douze, ça sera ben honnête.

RACOLIN.

Eh ben ! volontiers.

Madame ENGUEULE.

Comment ! douze louis !

LA VIGUEUR.

A ça ne tienne, je vas les consiner.

Madame ENGUEULE.

Quiable ! regardez-donc ce Milord !

LA VIGUEUR.

Suffit que les v'là; ça y est-y ?

Madame ENGUEULE.

Eh ben ! va, je le veux; pisque ça ne me coûte rien.

NIGAUDET.

Tout doux. A vote compte, je n'aurois donc pus que faire ici ?

Madame ENGUEULE.

Eh pourquoi que t'es fuyard ?

NIGAUDET, *s'en allant.*

Allez, vous étes de vrais filoux.

Madame TRANCHET, *battant des mains.*

Adieu, l'Amoureux.

RACOLIN.

Mes douze louis.

LA VIGUEUR.

Tenez, mon Officier, les v'là.

RACOLIN.

Bon. Faites venir le Notaire. (*A part.*) Mon métier est de faire des dupes, j'ai les mains pleines, tâchons de nous évader. (*Au Notaire.*) Monsieu, mettez dans vote contrat la Vigueur au lieu de Nigaudet.

M. LE PRUDE.

Ah! qui l'on voudra.

RACOLIN, *fuyant.*

Je crois qu'on me demande à la porte.

CADET.

Et mon castor ? Parsonne n'en parle. Voyons ça. [*Il le suit.*]

M. LE PRUDE.

Qui est-ce qui signe ?

SUZON.

Parsonne : mais où qu'est donc le Sargent ?

SCENE XIII, & *derniere.*

Madame ENGUEULE, SUZON, M. TRANCHET, Madame TRANCHET, LA VIGUEUR, M. LE PRUDE, CADET.

CADET, *pleurant.*

PArgué, faut dire qui y a de grands coquins dans les hommes.

Madame ENGUEULE.

Qu'est-qu'il a donc st'enfant?

LA VIGUEUR.

Oh! je me défie de queuque chose.

SUZON.

Parions que le Sargent s'est enfoui avec la plotte.

Madame ENGUEULE.

Quand ça seroit, c'est son bien.

CADET.

Eh mais vraiment! C'est ben le vôte, vantez.

Madame ENGUEULE.

Comment!

CADET.

Sans doute. Tenez, le Sargent n'étoit pas Sargent; & moi, je n'étions pas Seuldat: j'avions inventé st'atrape-là dans le cabaret à seule fin que la Vigueur épousît Suzon: y m'avont promis un caſteur pour ne rien dire ; & l'argent que Racolin a reçu...

Madame ENGUEULE, *ébaubie.*

Eh ben ?

CADET.

C'eſt vot' magot que Suzon vous a eſbigné ce ſoir, & que Racolin devoit rende à la Vigueur ; point du tout, y file avec comme un voleur ! milzieux, ſi j'avois été de ſa force ! . .

Madame TRANCHET.

Ah ! v'là un vilain tour !

SUZON.

A qui donc ſe fier ?

Madame ENGUEULE, *fort en colere.*

Sarpé millions d'eſcadrons de chien ! C'eſt Suzon qui m'a joué ce tour-là ! . . Garrez ; que je la mette en bringue...

LA VIGUEUR.

En douceur, en douceur.

Madame ENGUEULE.

Eſt-ç'ti-là, chienne, le grand marci de t'avoir porté neuf mois dans mes entrailles ?

SUZON.

Eh ben ! montez dans ma hotte, je vous porterai un an, & vous me devrez encore trois mois.

LA VIGUEUR.

Paix, Suzon. Oui, la mere Engueule, v'là z'un tour à tumber en démence : mais que cinq cents diables m'eſterminent ſi je n'en ai pas la vengeance : vous me connoiſſez ; laiſſez faire.

Madame ENGUEULE

Pour toi, j'te pardonne tout; mais pour Suzon, & ce petit chien-là qu'étoit dans le ministere sans m'en avertir, je les rends bâtards. [*Elle s'en va.*]

M. TRANCHET.

V'là .. qu'est fâcheux .. mais, faut pourtant aller .. boire un coup.

Madame TRANCHET.

Sans doute, je les régale de tout, moi.

M. LE PRUDE.

Et qui est ce qui me paiera mon contrat?

LA VIGUEUR.

Dame, note Bourgeois, si vous voulez, vous serez du festin, & vous ne paierez rien pour votre écot.

M. LE PRUDE.

Allons, soit.

SUZON.

Vaille que vaille; v'là les violons, dansons.

CADET, *douloureusement.*

Oh le voleur!

VAUDEVILLE.

SUZON.

AIR : *De Manon Giroux.*

L'AMOUR un tems me balotte,
Et pis s'radouci :
Sans la Vigueur j'étions morte,
Mais j'l'ons pour mari :
Au rancart fichons la hotte,
Pus d'misere ici.
Allons, vive la ribotte,
Et z'aux chiens l' souci.

Si je n'sons pas d'cés D'moiselles
D'fignolant caquet,
Dans nos façons naturelles,
J'allons toujou drait :
J'n'avons bichons ni dentelles,
Ni fringant corset ;
Mais j'ons ben, autant comm'elles,
L'dessous prope & net.

LA VIGUEUR.

Moi, sarpéjeu, pour la gloire,
D'autres j'en valons :
J'engueusons mieux la victoire
Que n'font cent canons :

Et drès qu'du Roi ſur ma tête
La cocarde on mit,
J'veux t'ête chien, ſi ce bon Maîte
Un brin s'en r'pentit.

Quand d'rouler par les guinguettes,
J'prenons la faveur :
Ç'qu'y-a là d'gentis fillettes,
C'eſt pour la Vigueur :
Et ſi d'un faraud l'caprice
D'ça n'eſt pas content,
Ces bras-là m'font la juſtice
D'ly mette l'ame au vent.

Madame TRANCHET.

Oui, vous v'là mari zet femme;
Eh ben ! c'eſt charmant.
Mais en varſant votre flamme,
Allez doucement :
A ç'méquier quand on s'dépêche,
Ben-tôt on apprend,
Que, l'jus ſorti de la pêche,
Gn'y a pus d'agrément.

Fin du Vaudeville.

BIBLIOTHÈQUE ROYALE

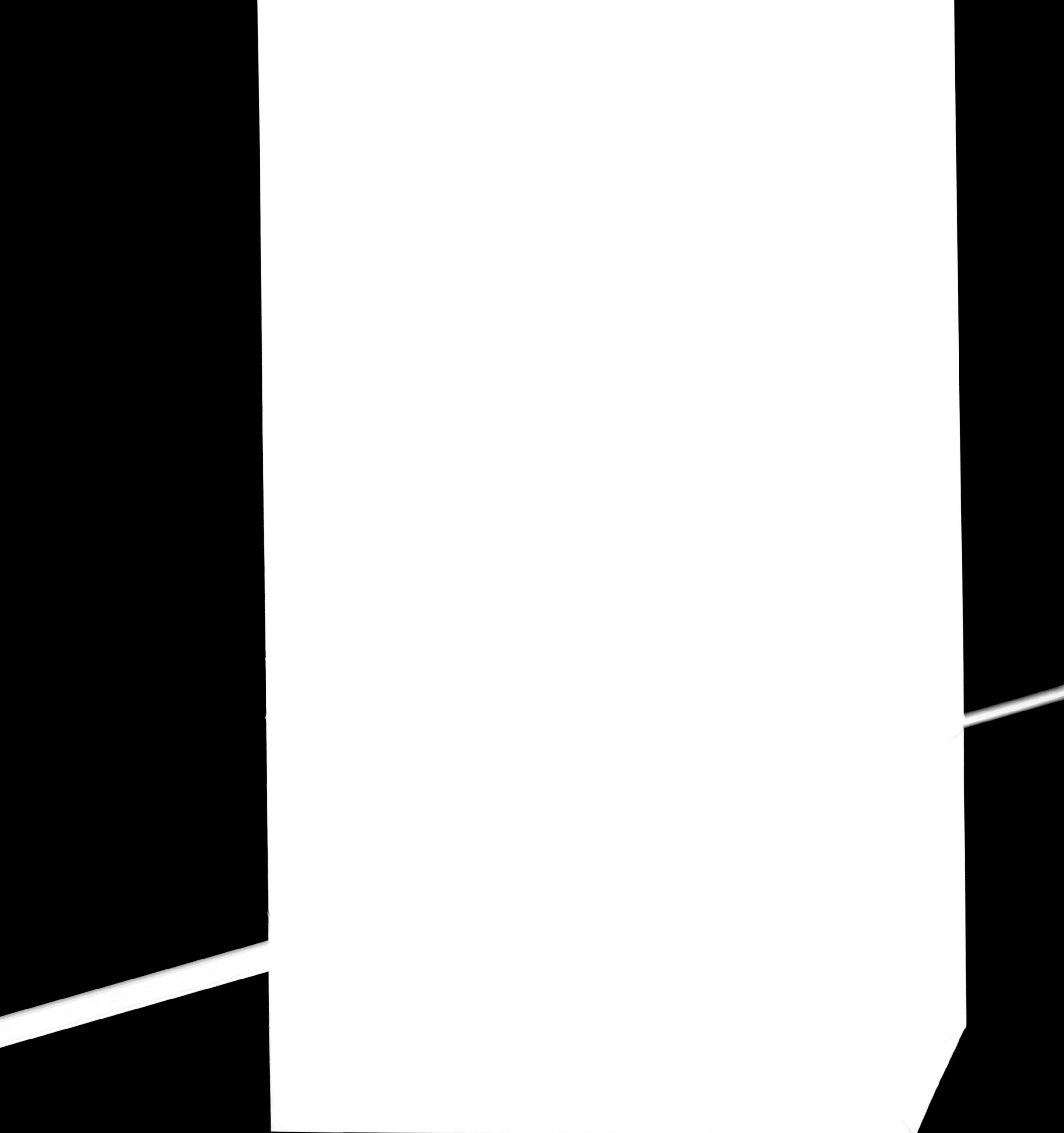

www.ingramcontent.com/pod-product-compliance
Ingram Content Group UK Ltd.
Pitfield, Milton Keynes, MK11 3LW, UK
UKHW021518260726
13993UKWH00004B/1740

9 782329 568546